EL BARCO  DE VAPOR

¡Pobre Antonieta!

Lucía Baquedano

Ilustraciones de Margarita Menéndez

Primera edición: febrero 1995
Vigésima edición: enero 2013

Dirección editorial: Elsa Aguiar

Impresores, 2
Urbanización Prado del Espino
28660 Boadilla del Monte (Madrid)
www.grupo-sm.com

ATENCIÓN AL CLIENTE
Tel.: 902 121 323
Fax: 902 241 222
e-mail: clientes@grupo-sm.com

ISBN: 978-84-348-4517-6
Depósito legal: M-20926-2010
Impreso en la UE / *Printed in EU*

A Pepa Torres

A Antonieta todo le salía mal.
Empezando por el color
de sus plumas.
No eran blancas,
como las de las otras gallinas
de la granja,
sino de color marrón rojizo.
Por eso,
la granjera la llamaba «la Roya»
cuando quería hablar de ella.

Y como todo le salía mal,
cuando llegó el momento
de empezar a poner huevos,
estaba segura
de que no lo haría bien.
De que no sabría hacer un huevo
perfectamente ovalado,
con cascarón duro y brillante.

Atendió, como todas
sus compañeras,
los consejos de Gerardina,

la maestra de gallinas,
que llevaba muchos años
enseñando a las pollitas.

Antonieta sabía
que Gerardina tenía razón,
que Feli la granjera
era buena y generosa con ellas,
que les daba el mejor grano
para comer,
que nunca lo escatimaba
cuando lo echaba por el corral
a grandes puñados,
mientras decía
«titas, titas, titas...»
con aquella voz cariñosa
que a todas les gustaba tanto.

—¿No merece
nuestra querida Feli
que nosotras le pongamos
cada día
un huevo de la mejor calidad?
–preguntó Gerardina.

Y todas las jóvenes gallinas
dijeron que sí,
porque en el pueblo
no había mejor granjera que Feli.

—Tenéis que demostrarle
vuestro agradecimiento.
Los huevos de nuestra granja
son famosos en la comarca,
porque son gordos
y muy alimenticios.
Vosotras tenéis que
seguir manteniendo esta fama
poniendo huevos
de gran calidad.
–continuó Gerardina.

Y todas volvieron
a decir que sí.
Hubo una que hasta aplaudió,
y Alfonsina,
que era muy presumida,
dijo que en su familia
siempre se habían puesto
huevos con dos yemas.

Antonieta estaba segura
de que no sería capaz
de poner huevos
con dos yemas,
porque ni su madre
ni su abuela
lo habían hecho,
y eso que eran muy listas.
Pero como tenía mucha ilusión,
se esmeró,
y, a la mañana siguiente,
puso un huevo.

¡Pero qué huevo tan raro!
No tenía cascarón.
Era grande y aplastado,
rodeado de extrañas puntillas,
blandito y jugoso.

Antonieta la Roya
se quedó tan sorprendida
y avergonzada
que no quiso
que nadie lo viera
y lo escondió entre la paja
del corral.

Como ninguna
de sus compañeras
había logrado
poner un huevo
ese día,
se sintió más tranquila.

Pero al día siguiente
ocurrió lo mismo,
y lo mismo al otro,
y al otro,
y al otro día.

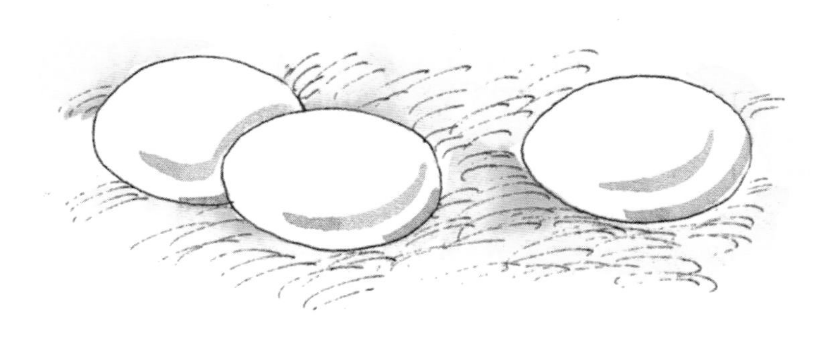

Antonieta empezó a inquietarse,
porque sus amigas
ya habían puesto
huevos normales:
redonditos, duros,
brillantes.
Y la granjera había acariciado
a Alfonsina,
porque su huevo tenía
dos yemas amarillitas
en su interior.
Se había puesto muy contenta.

Antonieta estaba triste.
El rincón donde escondía
sus extraños huevos aplastados
se iba llenando,
y la paja con que los cubría
formaba ya un montecito.

Las otras gallinas,
que además de tener
plumas blancas
ponían huevos redondos y duros,
empezaron a cuchichear.
Y Antonieta estaba segura
de que decían
que era poco hacendosa
y que no se preocupaba
por la prosperidad de la granja.
Pero,
por más interés que ponía,
no conseguía poner huevos
como las demás gallinas.

Un día, Antonieta
se asustó mucho.
Estaba empujando con el pico
el huevo hacia el escondite
y la granjera pasó por su lado.

Pero no dijo nada.
Sólo entró en el granero.
Así que Antonieta
se sintió aliviada,
convencida
de que no la había visto.

Pero justo
cuando acababa
de tapar el huevo
con la paja,
Feli salió del granero
y corrió hacia el rincón.

Revolvió con sus manos
y se quedó un rato arrodillada,
con cara de estar muy asombrada.

—¡Peponcho! ¡Peponcho!
¡Ven a ver esto!
–gritó al fin.

El granjero llegó corriendo.

—¡Es la Roya!
¡La Roya pone los huevos fritos!

Peponcho no lo podía creer.
Pero Feli le dijo
que hacía ya unos días
que vigilaba a la gallina,
porque sabía que era
de una raza muy ponedora
y le extrañaba
que no pusiera huevos.
Al fin, acababa de descubrir
dónde los escondía.
—Esto no se había visto nunca
–dijo el granjero.
Después miró a su mujer.

A los dos
les brillaban tanto los ojos
cuando los fijaron
en el nido de Antonieta,
que la gallina se asustó
y salió de allí revoloteando.
Corrió por el corral,
perseguida por Feli y Peponcho,
ante la curiosidad
de las demás gallinas.

—Irá a la cazuela
porque no sabe poner huevos
–dijo una.
—Sí sabe.
Pero los esconde.
No trabaja para la granja
–dijo otra.

—Todas las gallinas
de mi familia
hemos puesto siempre
huevos de dos yemas
–presumió Alfonsina,
que cada día era más tonta.

Después se acomodó en su palo,
dispuesta a no perderse nada
de lo que le ocurriera
a la pobre Antonieta.

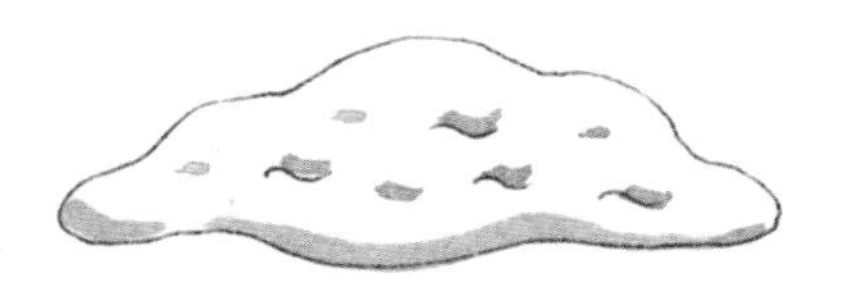

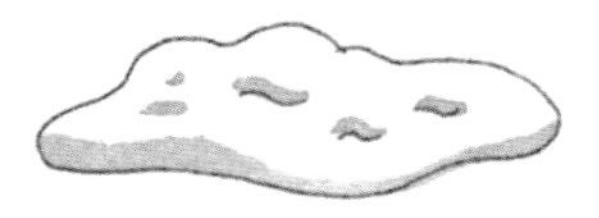

Por eso, fue
la que más se sorprendió
cuando la gallina
que ponía huevos fritos
fue atrapada por Peponcho.
Porque el granjero
no estaba enfadado con ella.
Y como no estaba enfadado,
la acarició.
Y también la acarició
la granjera,
y le dijo:
«Tita, tita, Roya bonita».

Además,
la llevaron a la casa,
donde nunca dejaban entrar
a los animales,
y la dejaron pasear
por el suelo de la cocina,
que estaba tan limpio,
y saltar encima de una silla
y picotear unas sopas de pan
muy buenas.

Antonieta
estaba muy extrañada
de que la mimaran tanto
con lo mal
que ponía los huevos.

Pero como había pasado
tanto miedo,
estaba ahora muy contenta.
Tan contenta estaba,
que puso otro huevo.
Un huevo que tenía
la yema jugosa
y crujientes puntillas.

Se alegró
de que los granjeros
se lo comieran
mojando en él
pedacitos de pan,
y dijeran que estaba
increíblemente bueno.

Antonieta
ya no salió al corral.
Feli la acomodó
en la cocina,
en un precioso
cesto de mimbre,
cubierta la paja
con una servilleta blanca,
y empezaron a tratarla muy bien.
Cada día le daban diferente grano
para comer.
Y como comía tan bien,
empezó a poner
muchísimos huevos,
cada vez mejores
y más hermosos.

Y eran tantos y tantos
los que ponía,
que los granjeros tuvieron la idea
de abrir un restaurante.
Así que Peponcho colgó,
en la entrada de la granja,
un cartel que decía:

"La Roya"

Especialidad
en
huevos fritos

Y como eran muchos
los viajeros
que pasaban
por aquella carretera,
todos entraban a comer
los deliciosos huevos,
que se servían con chorizo,
pimientos o patatas fritas.

Las gallinas blancas empezaron
a tener envidia.
Sobre todo, Alfonsina,
que seguía poniendo huevos
con dos yemas,
pero ya no llamaba la atención
de sus amos.

—A Antonieta
le han puesto
un gorro blanco
de cocinera
–dijo un día Petrita,
una gallina chismosa
que siempre lo sabía todo.

Las gallinas revolotearon
alrededor de la ventana
de la cocina,
porque querían ver a Antonieta
con el gorro nuevo,
y aunque estaba guapísima,
dijeron que no le sentaba
nada bien,
porque a todas
les hubiera gustado
tener uno
y sentían envidia de ella.

Aunque las gallinas
ya no fueran amigas suyas,
Feli la quería más que antes,
porque gracias a ella
se estaban haciendo muy ricos.

Los días
fueron pasando felices,
hasta que una mañana,
Antonieta se quedó
muy sorprendida
al ver el huevo tan raro
que acababa de poner.
Era gordo,
perfectamente ovalado
y con un cascarón tostado,
como si hubiera sido
dorado por el sol.

Era un huevo normal.
Un huevo como los que siempre
había querido poner.

Pero tuvo miedo,
porque se dio cuenta
de que a Feli y Peponcho
no iba a gustarles.

Por eso se quedó muy quietecita
en su cesto,
ocultando con su cuerpo
el huevo moreno.

Y como no se movía,
sus amos pensaron
que estaba enferma
y decidieron cuidarla mucho,
dándole exquisitas comidas
para que se curara pronto
y pudiera seguir poniendo
huevos fritos.

Pero Antonieta siguió
sin abandonar la cesta,
temerosa de que alguien
le quitara su bonito huevo normal.
Estaba muy orgullosa de él
y, por eso,
ahuecaba mucho sus plumas
para esconderlo bien.

Pasaban los días
y la gallina se encariñaba
más y más
con su huevo.
Lo acariciaba
cuando estaba segura
de que nadie la miraba,
y llegó a pensar
que era el huevo más lindo
que jamás se había puesto
en la granja.

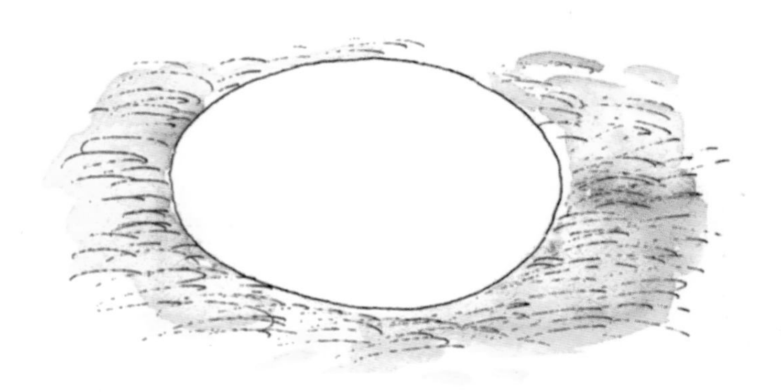

Y tanto le gustaba,
que lloró amargamente
cuando descubrió
que el cascarón moreno
se estaba agrietando,
que su único huevo normal
se había roto.

Se puso tan triste,
que no le importó
que los granjeros decidieran
sacarla de nuevo al corral,
puesto que no ponía huevos
fritos.

Tampoco le importó
que le quitaran
el gorro de cocinera.

Ya nada le importaba...

Además, al salir del cesto, vio el cascarón de su huevo partido en dos.

Pero, de pronto, oyó un suave «pi, pi, pi...» y descubrió entre la paja la pollita más linda que podía imaginar.

—¡Una polluela!
¡De mi huevo ha salido
una polluela!
–les dijo a las demás gallinas
cuando salió al corral.

Alfonsina,
que presumía mucho
porque ponía huevos
con dos yemas,
dijo que si salían pollitos
de sus huevos,
también serían de dos en dos.
Pero nadie le hizo caso,
porque todas querían ver
y acariciar
a la pollita nueva.

Tampoco la escucharon
cuando dijo que Antonieta
era una gallina como las demás,
que ya ni siquiera
ponía huevos fritos,
y que Peponcho estaba quitando
el letrero de la puerta
del restaurante.

A ninguna
de las gallinas blancas
le importaba nada
de todo aquello,
porque había nacido
la primera pollita
y Feli se acercaba contenta
a llevarle su comida.

Era una buena granjera.
Por eso,
miró con cariño
las rojas plumas del polluelo.
Contempló su gracioso caminar
y su mirada curiosa.
Era igual, igual
que Antonieta.

Por eso,
corrió a decir a Peponcho
que no quitara el letrero,
porque estaba segura de que,
al igual que su madre,
la Royita
les pondría muy pronto
deliciosos huevos fritos.